A. BAUD

LES

Croyantes

POÉSIES

LYON
IMPRIMERIE DE PITRAT AINÉ
4, rue Gentil
1881

LES

Croyantes

A. BAUD

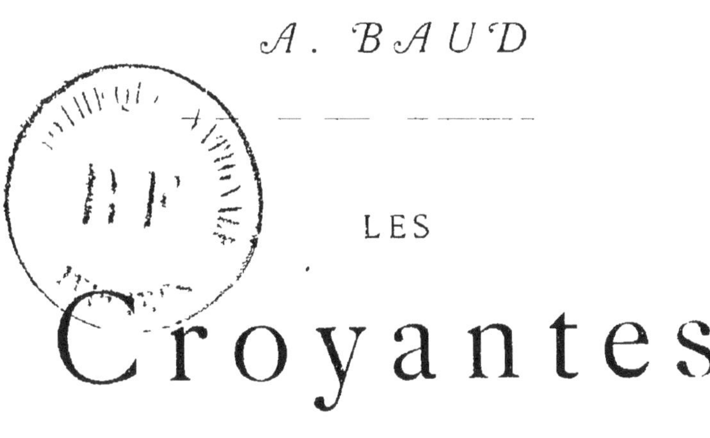

LES

Croyantes

POESIES

LYON

IMPRIMERIE DE PITRAT AINÉ

4, rue Gentil

1881

À ma Mère

JE DÉDIE CES PAGES

A. B.

Avril 1881

PREFACE

Partez, humbles vers, je vous livre
Aux vents de la publicité;
Va ton chemin, mon petit livre,
Et, s'il plaît à Dieu, sois goûté.

Je vous trouve bien imparfaites,
Feuilles que je tiens dans ma main,
Mais pourtant, telles que vous êtes,
Partez, allez votre chemin.

Je ne crois pas que l'on s'empresse
A vous faire accueil fastueux,
Car ceux auxquels je vous adresse
Ne sont pas, hélas ! très nombreux.

N'importe ! allez; sur votre route
Tâchez de faire un peu de bien;
Affirmez bien haut pour qui doute,
Priez pour qui ne croit à rien.

Si vous trouvez, ce que j'espère,
De nobles cœurs, fiers, insoumis
Au dogme abject de la matière,
Si vous trouvez ces cœurs amis,

Arrêtez-vous, je le désire,
Chez eux, pendant quelques moments;
C'est là qu'il faut vous faire lire
Et fixer les bons sentiments.

Mais en quelque lieu qu'on vous voie,
J'aurai le bonheur de savoir
Que vous montrez toujours la voie
Austère et douce du devoir.

Et maintenant, que la critique
Mille fois me trouve en défaut,
A son jugement, sans réplique
Je souscris : j'ai ce qu'il me faut.

Pour toi qui parcourras ces pages,
Tu pardonneras, cher lecteur,
Suivant les vieux et bons usages,
Les négligences de l'auteur.

CHANT DE L'AUBE

Le ciel pur se colore
Des teintes de l'aurore ;
Dans les prés, dans les bois
Montent des voix

Commence ta carrière,
Soleil, montre à la terre
Tes splendides rayons
Sur les moissons.

Industrieuse abeille.
Voici l'aube vermeille.
Va chercher au lointain
  Ton doux butin

La cloche. dans l'espace,
Dit à celui qui passe
Élève vers les cieux
  Ton cœur pieux

A celui qui repose .
Éveille-toi ; la rose
Ouvre aux vents matiniers
  Ses plis légers

La source fraîche et pure,
Le ruisseau qui murmure,
Redisent tour à tour
  Leur hymne au jour

Gai pinson et fauvette,
Hirondelle, alouette,
Déjà jettent aux cieux
Leurs cris joyeux

J'entends, dans la montagne
Dans la blonde campagne,
Sous le feuillage vert,
Un doux concert.

La brise parfumée
Emporte la rosée
Qui brille sur les fleurs
Comme des pleurs

Faucheur, prends ta faucille,
Lève-toi, jeune fille;
Commencez les moissons
Par des chansons

Pêcheur, à ta nacelle !
Regarde : l'onde est belle:
Que ton léger bateau
  Vole sur l'eau.

La brune lavandière
Accourt à la rivière
Et se met au labeur
  Avec ardeur

Dormez, dormez encore,
O vous tous dont l'aurore
Ne touche point le cœur
  De sa splendeur

Pour vous, dont l'âme sage
Sait s'ouvrir au langage
De la terre et des cieux.
  Ouvrez les yeux

Admirez en silence
Cette magnificence;
Quant a la rendre. hélas!
N'y pensez pas!

Car elle est trop sublime.
Votre esprit trop infime
Et les plus beaux accents
Sont impuissants!

LES DEUX FLEURS

UN matin de printemps. dans un riant parterre,
La rose avec le lis se disputaient tous deux :
— Rose, de vos beautés c'est être un peu trop fière.
Dit le lis. j'aurais droit aussi d'etre orgueilleux

— Écoutez-moi : cessons. lui repartit la rose,
Une discussion qui ne finirait pas
Voyez-vous cet enfant qui porte ici ses pas ?
Il sera juge de la chose

En s'approchant. l'enfant mutin
Cueillit les fleurs rivales :
Toutes deux convinrent enfin
Qu'elles étaient égales

Hommes, a tous c'est notre histoire :
Nous n'en croyons que notre orgueil ;
L'un a plus. l'autre a moins de gloire .
Nous sommes égaux, au cercueil

MINUIT

L'AIRAIN pleure dans les ténèbres
Ses douze coups lents et plaintifs,
Semblables à des voix funebres
Jetant des sanglots convulsifs

De chaque beffroi l'heure sombre
S'échappe et tombe dans la nuit,
Et, lugubre, elle va dans l'ombre
En répétant partout : minuit !

Dors, ô ma belle fiancée,
Repose en ton lit virginal,
Minuit, vois-tu, ma bien-aimée,
C'est le malheur ou bien le mal

Minuit, c'est la veuve au front pâle
Qui travaille pour l'orphelin,
Tandis qu'au dehors, la rafale
Courbe les arbres du chemin

Minuit, c'est l'orgie en délire,
La courtisane au teint fané,
Le blasphème coupant le rire,
Semblable au rire du damné

Minuit, c'est la fièvre brûlante
Qui s'agite sur un grabat
Sans qu'une main compatissante
L'aide à soutenir le combat

Minuit, c'est l'épouse adultère
Désertant le lit conjugal
Et se glissant dans le mystère
Avec le crime pour fanal.

Minuit, c'est un mystere immonde,
C'est l'essaim des êtres sans nom.
Rebuts stigmatisés du monde.
Infamie et corruption !

Minuit, c'est le crime livide,
Le poignard encor dégouttant,
La vengeance à la main rapide.
La haine au front dur et sanglant

Minuit, c'est un mort qui se leve.
D'un blanc suaire enveloppé,
Conduisant d'une main le rêve,
De l'autre, la réalité

Minuit, c'est un cri d'agonie;
Minuit, c'est une voix de fer;
Minuit, c'est un mauvais génie;
Minuit, c'est l'heure de l'enfer.

Dors, ô ma belle fiancée,
Repose en ton lit virginal;
Minuit, vois-tu, ma bien aimée,
C'est le malheur ou bien le mal.

L'airain pleure dans les ténèbres
Ses douze coups lents et plaintifs,
Semblables à des voix funèbres
Jetant des sanglots convulsifs

PRINTEMPS

> Le temps a laissie son manteau
> De vent, de froydure et de pluye
> (Charles d'Orleans.)

Le printemps ramene
Les jours enchanteurs,
Dans sa robe pleine
D'amours et de fleurs
Déjà l'hirondelle
Balance son aile
Au vague des airs.
Et sa mélodie

Redonne la vie
A nos toits déserts
L'humble violette
Sous le vert buisson
Incline sa tête
Avec abandon;
La clochette blanche
Au bord du ruisseau,
Timide, se penche
Sur le fil de l'eau
Ainsi la coquette,
Dans son clair miroir,
En riche toilette
Se plaît à se voir
Sous la main du Maître
Tout semble renaître
Amoureusement;
Le ciel est sans voile,
Le gazon s'étoile
Comme un firmament
Au sein de la terre
Germe l'avenir,
Étrange mystère

Qui vient rajeunir
Cette vieille mère
Lasse de nourrir
La force inconnue,
Avec volupté
Partout s'insinue.
Préparant l'été.
Vive, elle s'epanche
En suc à la fleur,
En sève à la branche.
En amour au cœur

Quelle heure enchantée
Sainte, parfumée.
Celle du printemps.
Quand on a vingt ans !

SIC TRANSIT...

Pauvre fleur qui, de la prairie,
Ce matin, faisais l'ornement,
Ta beauté, ce soir, s'est flétrie
Et tu n'as duré qu'un moment.

Près de toi, la source est tarie
Où tu mirais ton front charmant,
Aussi frais qu'une rêverie,
Aussi pur que le firmament,

Le Temps emporte dans sa course
L'homme, la fleur avec la source ;
Les ruines sèment ses pas.

Tout ici passe comme une ombre ;
Les exemples en sont sans nombre,
Et nous n'y pensons pas !

IMPUISSANCE

SE sentir impuissant à rendre
Les pensers dont le cœur est plein.
Essayer de faire comprendre
Ce que l'on ressent, mais en vain;

Rêver de splendeurs éclatantes
A faire pâlir l'Orient,
Entendre des voix enivrantes
Et qui murmurent vaguement;

Concevoir enfin des merveilles.
Des éblouissements fiévreux,
D'étranges cités sans pareilles.
Des beautés à ravir les yeux.

Et ne point trouver sous sa plume
Le mot qui les exprimerait.
Et garder seulement l'écume
De la vague qui les portait !

C'est un supplice intolérable
A ronger ses poings de dépit.
Cette différence du diable
De ce qu'on sent à ce qu'on dit !

A mon ami L. V. et à sa Famille

DEUX PETITS ANGES

ILS sont partis tous deux. la sœur après le frère ;
Vers son trône éternel Dieu les a rappelés,
Ils ont, sans hésiter. abandonné la terre
Et, la main dans la main. tous deux s'en sont allés

Oh ! ne les plaignez pas, vous. leur père et leur mère
Vous tous qui les aimiez ; que vos yeux consolés
Se tournent vers le ciel. leur demeure première
Ils le regrettaient tant qu'ils s'y sont envolés

Je ne sais rien de doux comme ce vol des anges
Regagnant en chantant les célestes phalanges
D'où la veille ils étaient venus,

Et tandis que leur corps repose sous la pierre,
Leur âme aux pieds de Dieu se répand en prière
Pour tous ceux qui les ont connus

LA NEIGE

La neige tombe blanche et fine
Sur le sol durci par le froid :
On dirait un manteau de roi,
Ce merveilleux tapis d'hermine

Tandis que vous vous tenez coi
Près du foyer qui s'illumine.
Songez au pauvre qui chemine
Et se demande avec effroi

Où trouver l'âme charitable
Offrant les restes de sa table
Au malheureux qui s'en va seul.

En vain il regarde, il écoute;
Il tombe vaincu sur la route
Et s'endort sous le blanc linceul.

A mes amis S G et G C.

LA MORT D'UN ENFANT

On ne perd jamais ceux que l'on aime
en Celui qu'on ne peut perdre.
(Saint Augustin)

Oh ! ne le pleurons pas. il est digne d'envie,
Quand il nous adressa son triste et doux adieu,
Quand. dans un dernier souffle. il exhala sa vie,
N'etions-nous pas certains qu'il allait trouver Dieu ?

N'étions-nous pas certains qu'en se fermant sur terre
Ses yeux allaient s'ouvrir dans un monde plus beau.
Et qu'il était au ciel, alors que la prière
Nous tenait a genoux au bord de son tombeau ?

N'avait-il pas compté d'assez longues souffrances
Pour ne pas regretter le terrestre lien.
Et voir réaliser enfin les espérances
Qu'il portait dans son cœur d'enfant et de chrétien ?

C'est pourquoi je vous dis. au seuil de cette tombe.
Celui que nous aimons et qui vient de partir
Déployant sous nos yeux ses ailes de colombe.
A murmuré tout bas · Il est doux de mourir !

Il est doux de mourir et de quitter ce monde
Quand on a conservé le trésor précieux
De son âme à l'abri de tout contact immonde.
Qu'on a marché sur terre en regardant les cieux

Il est doux de mourir, lorsqu'à l'appel du Maître
On peut se présenter avec un cœur si pur,
Lorsque les séraphins peuvent vous reconnaître
Comme un frère exilé qui revient dans l'azur !

Gardons le souvenir de cette heure poignante
Où notre ami reçut notre dernier baiser.
Où l'aile de la mort. obscure et frémissante
Sur son front et ses yeux. froide. vint se poser.

Tu seras le lien d'une affection sainte.
O toi qu'à notre cœur le ciel vient de ravir.
Et qui t'en es allé doucement et sans crainte,
Nous laissant ton exemple avec ton souvenir.

Que là-haut, maintenant. ton âme se souvienne
De ceux qui près de toi pleuraient quand tu partis ;
Obtiens que notre mort soit semblable à la tienne,
Pour qu'un jour. de nouveau. nous soyons réunis

Avril 1879

SOUVENIRS

Je n'ai pas toujours su profiter du passé. .
Mais sait-on à vingt ans ce qu'apporte la vie ?
On peut pleurer demain ; ce soir. il faut qu'on rie.
Qui reviendra d'ailleurs sur le chemin tracé ?

O charmes des beaux jours à tout jamais perdus,
O souvenirs si doux de notre heureuse enfance !
Quand nous nous endormions bercés par l'espérance,
Hélas ! si vous pouviez nous être encor rendus !

Souvenirs, souvenirs, on vous renie en vain ;
Lorsque vient la douleur, comme l'on vous rappelle !
Image du passé. comme tu parais belle
Au seuil de l'avenir ! — Ah ! pauvre cœur humain !

BOUTADE

UN bon vieux capucin, a la demarche lente
Cheminait, certain jour, le chapelet en main,
Lorsqu'il fit la rencontre au détour du chemin
D'un gras libre penseur, de figure insolente

L'élève de Voltaire, en cette occasion,
Voulut montrer l'esprit qu'il tenait de son maître,
Il se dirigea donc tout droit vers le vieux prêtre,
Et, donnant à ses traits l'air de dévotion :

« Mon frère, lui dit-il, en inclinant la tête,
Mon frere, il faut mourir ! » Le bon religieux
Réplique en regardant son homme dans les yeux :
Mourir … ou bien crever, ça dépend de la bête ! »

A mon ami Michel C

VIVE LE ROI !

La parole est a la France
L'heure est a Dieu
HENRI DE BOURBON

VIVE le Roi ! que ce cri de nos pères
Parmi leurs fils trouve encor de l'echo ;
Que, réveillant nos gloires séculaires,
Il nous prodigue un courage nouveau
Qu'il soit encor poussé par notre armée
Ce cri vainqueur, qu'il évoque Rocroi,
Et qu'on entende, à travers la fumée :
Vive le Roi !

Vive le Roi ! France, ô ma France. espère.
Car Dieu sur toi forme de beaux desseins ;
Rappelle-toi ton antique bannière,
Crois-tu finis ses glorieux destins ?
Tes ennemis que ta gloire importune
A son aspect étaient glacés d'effroi ;
Ses plis soyeux contiennent ta fortune :
Vive le Roi !

Vive le Roi ! l'on efface l'histoire
Pour étouffer ces trois mots glorieux
Qui. si longtemps, ont fixé la victoire
Sous les drapeaux de nos vaillants aieux
Mais. tôt ou tard, il faudra qu'il se lève
Le jour puissant de notre antique foi ;
La France alors sortira de son rêve :
Vive le Roi !

Vive le Roi ! France, ô France abaissée,
N'écoute pas les faiseurs de pamphlets,
Les insulteurs de ta gloire passée,

De tes bourreaux lâches et plats valets
Ils peuvent bien, dans un instant d'orage,
Te dominer, te soumettre à leur loi ;
Mais un jour vient qui défait leur ouvrage :
Vive le Roi !

A mon ami H. de R.

LE DRAPEAU

> Pour nous, chretiens, il est une passion qui doit posseder notre âme : celle de travailler en ce monde, sans treve et sans relâche, a la venue du royaume de Dieu et au triomphe de la justice.
>
> (Henri Perreyve.)

Si le Christ aujourd'hui descendait sur la terre
Sur quelque région que se posât son pied,
Il entendrait encor la clameur sanguinaire :
« Qu'il soit crucifié ! »

Il serait de nouveau traîné jusqu'au prétoire.
Tout couvert de crachats, bafoué, souffleté.
Tandis qu'un Barrabas à la sinistre histoire
Serait amnistié !

L'épine de nouveau tresserait sa couronne,
Et le juge trembleur dirait aux assassins :
« J'ignore ses forfaits, mais je vous l'abandonne
Et m'en lave les mains ! »

Et sur l'horizon noir, dressant sa silhouette,
La croix élèverait la Victime d'amour,
Pendant que la nature. immobile et muette,
Refuserait le jour.

Oui, nous en sommes là. car la haine déborde
Contre le Christ, sa croix et sa religion;
Guerre à Dieu ! c'est le cri d'une sauvage horde.
Immonde légion !

Oui, nous en sommes là, car la croix est proscrite,
De son éclat divin des hommes furieux
Ont dit : « Nous détruirons cette image maudite
Qui nous blesse les yeux ! »

Ils veulent l'arracher des murs de nos écoles.
Afin de l'arracher du cœur de nos enfants,
Et ceux qui vont criant ces sinistres paroles
Sont aujourd'hui puissants !

Mais ils viendront briser leur effort tyrannique
Contre tes défenseurs au courage assuré.
Croix de notre Sauveur, notre espérance unique,
Signe à jamais sacré !

Car, nous sommes debout, armés pour ta défense,
Prêts, de notre poitrine à te faire un rempart;
De clameurs et de coups, chaque nouvelle offense
Nous garde notre part.

Et nous en sommes fiers. et les vaines alarmes.
N'ont plus aucun effet sur un destin si beau ;
Vaillamment, dès ce jour. nous te vouons nos armes,
Sois notre seul drapeau !

Notre regard sur toi fixé dans la bataille,
Nous irons en avant sans crainte et sans remords
De tes fiers ennemis ne mesurant la taille
Que lorsqu'ils seront morts

Enfin quand nous verrons notre tâche accomplie.
Quand la force à nos bras soudain fera défaut,
Que l'on dise de nous : « Ils ont donné leur vie
A la défense du drapeau »

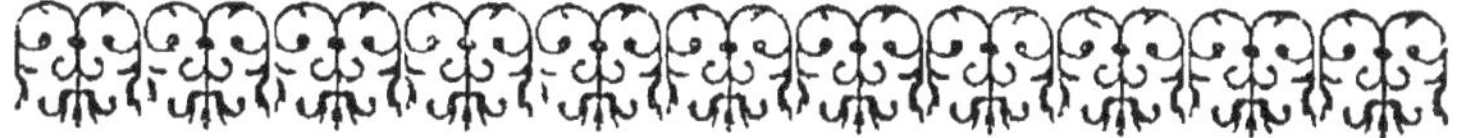

INDIGNATION

I

Ah ! je voudrais savoir manier la satire,
Ce fouet aux lannières d'airain,
Pour cingler ces vaillants, et les faire maudire
Partout où vit un être humain !

Je voudrais à ma voix des notes assez fortes
Pour crier les exploits guerriers
Des nouveaux paladins, les enfonceurs de portes,
Les commissaires serruriers !

Quoi ! ce qui conduisait autrefois aux galères,
Les *rossignols*, les *monseigneurs*,
Ouvre aujourd'hui l'accès à toutes les carrieres,
Donne droit à tous les honneurs !

Et l'on supporterait patiemment ces injures !
Sans réclamer, l'on pourrait voir
Arracher des verrous, crocheter des serrures
Par les séides du pouvoir !

Et notre vieil honneur resterait impassible
Devant ces monstrueux excès !
Et l'on pourrait se taire ! oh non, c'est impossible !
Ou nous ne sommes plus Français !

II

Ah ! nous les connaissons ces racleurs de guitare,
Ces conspueurs de libertés,
Ce Ferry, ce Cazot, ce Constans et ce Farre,
Ce ramassis de nullités !

Ils voudraient dans l'histoire occuper une place.
Ces nains impuissants et jaloux.
Et n'ayant nul talent. ils marqueront leur trace
Par des fractures de verrous!

Ils aceptent cela. — Que dis-je, ils s'en font gloire!
On fait ce que l'on peut vraiment!
Mais quel digne écrivain chantera leur victoire
Sur les serrures d'un couvent?

Qu'il se lève. qu'il vienne, et que. nouveau Tacite.
Il nous burine sur l'airain
Ces exploits dans lesquels Pisistrate et Thersite
Marchent en se donnant la main.

Que chez nos descendants il porte la colère,
Par ses travaux accusateurs;
Qu'un éternel mépris couvre ce ministère
Et ces ministres crocheteurs!

Novembre 1880.

CREDO

Je vois le Mal triomphateur.
Partout dressant sa tête altière.
Inspirer une lâche peur
Et dicter ses lois à la terre

J'entends son peuple adulateur.
Le front courbé dans la poussiere.
Crier : « Au mal, respect, honneur,
A lui seul, hommage et prière ! »

Mais JE CROIS, et, debout, j'attends ;
Et je compte pour rien le temps
Qui fuit, rapide comme l'onde

Je crois. j'aime. j'espère enfin,
Et, confiant, j'attends la fin :
Je sais Dieu plus fort que le monde !

A LA FRANCE

Oui, France. malgré tout. tu restes grande encore ;
On a pu t'écraser, mais non pas t'asservir,
Et le Teuton hideux, dont la haine t'honore
Voit, le cœur frémissant. ta gloire resplendir.

O France ! ô mon pays ! ô terre que j'adore !
Le flambeau que tu tiens éclaire l'avenir,
Que ton drapeau soit blanc ou qu'il soit tricolore.
C'est en le défendant que je voudrais mourir.

J'étais bien jeune encor quand la guerre implacable
Déchaîna contre toi la horde incalculable
Des barbares du Nord;

Mais je sentais déjà, France. en ces heures sombres,
Que le jour éclatant luttait avec les ombres,
La vie avec la mort.

AUX PUISSANTS DU JOUR

Vous croyez-vous vraiment bien forts.
O contempteurs des lois divines?
Et pensez-vous, par vos efforts.
Réduire l'Église en ruines ?

S'il en est ainsi, pauvres gens.
Abandonnez votre espérance ;
Déjà de plus intelligents
Ont tenté cette expérience.

Ils se sont avoués vaincus ;
Les uns sont morts dans leur blasphème.
Et les autres sont revenus,
Contrits, au Dieu de leur baptême

Soyez sûrs que vous finirez
De l'une ou de l'autre manière ;
Pour le jour où vous partirez,
Je vous souhaite la dernière.

Le bon Dieu se rit de vos coups ·
Il est au ciel, vous. sur la terre ;
En fin de compte, voyez-vous.
C'est toujours Lui qui vous enterre

Vous avez des raisons, je sais.
Pour dénier à Dieu sa place,
Mais Il reste sourd aux décrets.
Et n'est pas de ceux que l'on chasse

Ainsi, faites-en votre deuil
Dieu, pour longtemps est votre maître,
Et vous pourrirez au cercueil
Qu'il n'aura pas cessé de l'être.

LE CHATIMENT

Les jours sont mauvais, le sol gronde,
L'ombre domine la clarté ;
Au bord de l'abîme, le monde
Penche, hagard, épouvanté
On dirait que l'heure est venue
Où, du sein de l'ardente nue
Dieu doit se montrer aux mortels.
Entre ses mains tenant la foudre
Toute prête à réduire en poudre
Les insulteurs de ses autels.

Malheur à vous, docteurs frivoles.
O corrupteurs du genre humain !
Malheur à ceux que vos paroles
Entraînent dans votre chemin !
Malheur à vous, scribes infâmes.
Qui savez glisser dans les âmes
Le poison fatal même aux forts ;
A vous. multitude perfide.
De scandales toujours avide.
Sépulcres blanchis au dehors !

Vous répandez les calomnies.
Vos discours ulcèrent le cœur.
Et vous trainez aux gémonies
Le nom du Christ, votre Sauveur.
Sans cesse attisant la colère
D'une foule qui vous révère.
Vous guidez ses nombreux essaims,
Et quand il faut une victime
Alors, votre main magnanime
Jette le prêtre aux assassins !

Ne l'avons-nous pas vu naguère
En des jours de honte et d'effroi.
Lorsqu'au lendemain d'une guerre
L'ennemi nous dictait sa loi ?
N'avons-nous pas vu votre armée
A votre haine envenimée
Sacrifier d'obscurs héros ?
Mais en donnant son sang. le prêtre
Tombait comme son divin Maître
Et pardonnait à ses bourreaux !

Allez toujours. frappez encore,
Répandez ce sang généreux.
Il doit faire naître l'aurore
Qu'appellent ardemment nos vœux.
O spadassins de l'écritoire.
Gaudissez-vous dans votre gloire,
Escomptez gaîment l'avenir,
Jouissez de votre puissance :
Nous avons la ferme espérance
Que votre règne va finir !

. . . .

. . .

Riez, mes Balthazars, l'orgie
Amènera son lendemain ;
Lorsque sur la nappe rougie
Les lustres pâliront soudain,
Et que sur les murs de la salle
Cette inscription colossale
En flammes se détachera :
MANE, THECEL, PHARES, ô maîtres,
Tandis que vous lirez ces lettres
Le châtiment s'avancera

Allons, appelez vos cohortes !
Elles entendent votre voix,
Elles viennent, elles sont aux portes,
Fusil en main, comme autrefois,
Mais voyant ce banquet splendide
Devant vous, cette foule avide

Dont vous aiguillonniez la faim
Connaîtra votre hypocrisie.
Ah ! quels cris, quelle frénésie !
Tremblez, c'est votre tour enfin !

Tremblez. la suprême sentence
Doit s'exécuter jusqu'au bout !
Garderiez-vous quelque espérance
Au fond du cœur ? Allons, debout !
Sortez, votre tâche est finie ;
Laissez les restes de l'orgie
Aux affamés ; quittez ce lieu
Ils sont sortis, justice est faite.
J'ai vu dans la foule inquiète
Passer la colère de Dieu !

A M. PAUL FÉVAL

Sans doute, nous devons à nos persécuteurs
Conserver de l'amour dans le fond de nos âmes,
Et ce n'est pas à nous de dévouer aux flammes
Ceux que Jésus peut-être un jour rendra meilleurs

Sans doute, nous voyons bien des choses infâmes
N'avoir souvent, hélas ! que des fous pour auteurs ;
Combien de renégats et de blasphémateurs
Méritent encor plus nos pitiés que nos blâmes !

Oui, nous devons les plaindre et non pas les haïr ;
Mais, à certains moments, comment donc retenir,
Devant des attentats criant au Ciel justice,

Les mots amers, violents, parfois cruels ? Alors,
Nous frappons durement, sans crainte. sans remords.
Nous blessons l'ennemi pour que Dieu le guérisse.

ESPOIR EN DIEU

Spes mea Deus
Devise de LA MORICIÈRE

HÉLAS ! tout passe en cette vie,
Onde qui s'en va murmurant.
Modeste fleur de la prairie.
Débris qu'emporte le courant

D'ombre la lumière est suivie,
Le soleil marche à son couchant,
Et vers la mort qui nous convie
Nous nous hâtons d'un pas tremblant,

Que peut m'importer cette fuite?
Le cours des destins, à sa suite
Un certain jour m'emportera,

Je le sais; mais, bravant l'orage,
J'espère, en quittant ce rivage.
Que là-haut Dieu me recevra.

LE RÉVEIL

Le ciel se reprend à sourire
Après les jours gris de l'hiver
Déjà l'on sent monter dans l'air
Des parfums, des éclats de rire :

Se souvient-on qu'on a souffert
En décembre, quand le zéphyre
Arrache, comme d'une lyre,
Des accords au feuillage vert ?

Le printemps naît, la terre est prête
A prendre son aspect de fête.
Elle a secoué son sommeil.

Chassons aussi les pensers sombres,
Nous allons voir s'enfuir les ombres :
Demain sera le grand réveil !

TABLE

LYON. — IMP. PITRAT, 4, RUE GENTIL

Lyon. — Imprimerie PITRAT AINÉ, 4, rue Gentil

www.ingramcontent.com/pod-product-compliance
Ingram Content Group UK Ltd.
Pitfield, Milton Keynes, MK11 3LW, UK
UKHW021220230726
13926UKWH00003B/1141